내가
되어가는
순간

내가
되어가는
순간

최선의 나를 찾아서

헤르만 헤세 잠언집
이민수 편역

생각속의집

한 사람 한 사람의 삶은
자기 자신에게로 이르는 길이다

헤르만 헤세

마지막 한 걸음은
혼자서 내딛는 것이다

11월 중순이지만 대기는 봄날이 길을 잃고 다시 찾아온 것처럼 온화하다. 아침 6시나 되어서야 하늘 저 끝에서부터 어둠이 서서히 걷어지고 있는 모습을 보니, 겨울이 오긴 오려나보다. 아직 남아 있는 잠의 끝을 떨쳐볼 요량으로 〈라라 랜드〉의 OST를 듣는다. "조금은 미쳐도 좋아. 지금까지 없던 색깔들을 보려면. 그게 우리를 어디로 이끌지 아무도 몰라. 그래서 우리 같은 사람들이 필요한 거야."

〈라라 랜드〉의 여주인공 미아는 새로운 시도가 우리를 어디로 이끌지 모르지만 그것에 미쳐 앞으로 나가야 한다고 노래한다. 실패를 거듭하면서도 그녀는 자기 자신이 그토록 원하는 자신의 길을 가려는 것이다. 헤세적인 의미에서 우리 모두는 가능성의 존재이다. 인간의 본분과 직분은 단한 가지, 즉 자기 자신에게 가는 길이고, 그것은 실패가 아닌 항상 새로운 시도이다. 배우가 되기 위해 미아가 거듭했던 도전은 그 가능성의 길을 찾아가는 과정이다.

헤르만 헤세의 인생은 평탄하지 않았다. 열두 살 때 이미 시인이 되고자 결심했던 소년 헤르만은 가족들의 몰이해 속에서 정신적으로 힘든 청소년기를 보냈고, 세계대전을 두차례나 겪었으며 그 자신도 60차례에 걸쳐 심리치료를 받기도 했다. 그런 혼란과 혼돈의 와중에 그가 천착했던 것은 '진정한 자아'였다. 그는 참된 자아를 찾기 위해 피나게 책을 읽었고, 피나게 글을 썼다.

헤세는 "한 사람 한 사람의 길은 자기 자신에게 이르는 길이다"라고 말한다. 그런데 그 길은 평탄한 도로도 직진의 길도 아니다. 어떤 길이 우리 앞에 펼쳐져 있는지는 알 수 없다. 고통과 절망 속에서 방황하고 헤매더라도 그 길을 찾아가야 한다. 헤세가 차라투스트라의 입을 빌려 말한 것처럼 온

갖 인생의 우회로를 가더라도 "너희 자신이 되는 법"을 배워야 하는 것이다.

우리는 왜 그토록 내가 되려고 하는 걸까. 사람으로 살기 위해서가 아닐까. 자기 존엄성과 개성을 가진 '나'로 살기 위해서, 그리고 밥 딜런의 노래처럼 인간이 되기 위해서 우리는 앞으로 얼마나 많은 길을 걸어야 하는지 모른다. 어쩌면 죽는 날까지 우리는 길 위에 있을지도 모른다.

언젠가부터 중년의 나는 내면의 나와 매일같이 전투를 벌이고 있었다. 겉으로는 별 문제 없어 보였지만 나의 내면은 그 어느 때보다 요란하게 들끓고 있었다. 내 안의 내가 소리치며 말했다. '나 좀 쳐다 봐!' 매일 똑같이 반복되는 일상에 매몰되어 나를 잃어가는 하루하루가 나를 질식시키고 있었던 것이다. 나의 영혼이 불쌍해서 나는 가던 길을 멈추었지만 불안했다. 나의 내면에서는 내 말에 귀 기울이라고 채근했지만 불안감도 요동쳤다. 그때 헤세가 말했다. 아무리 어려운 상황이라도 나 혼자서 가야 하고 마지막 발걸음은 혼자서 내딛어야 한다고. 순간, 내 인생의 결정권은 내가 쥐고 있다는 각성이 섬광처럼 스쳐갔다. 그렇다. 인생을 결정할 수 있는 힘은 바로 나에게 있었다.

내면을 성찰하지 못하면 불완전한 삶을 살 수밖에 없다. 나는 처음으로 살아가는 법을 배우는 어린아이처럼 나 자신의 변화를 위해 나의 길을 고집스럽게 찾고 있다. 청춘만이 아프고 힘든 것이 아니다. 청춘만이 방황하는 것도 아니다. 인간은 살아 있는 한 방황하는 것이다. 갈지자로 인생을 가더라도 나의 내면의 소리를 따라가다 보면 나의 가능성은 또다시 열릴 것이다. 내가 내딛은 길의 흔적들은 결국 하나로 연결되어 내가 어디로 가야 하는지를 알려줄 것이다.

이 책을 만난 당신에게 가지 않은 길에 대한 후회가 남지 않는 삶이기를 바란다. 헤세의 글은 우리를 이끌어주는 인도자의 역할을 해주지만, 틀에 갇힌 세계를, 알을 깰 수 있는 사람은 바로 나 자신이다.

가지가 수백 번 잘려 나간다 해도 새로운 싹을 틔울 것이며, 이 미친 세상을 사랑할 것이라는 헤르만 헤세. 오늘도 나는 나에게 말한다. 길 위에서 나 자신을 만날 수 있기를, 길 위에서 우리 모두가 행복하고 사랑할 수 있기를.

2020년을 기억하면서
편역자 이민수

차례

나를 찾는다는 것

자기에게 이르는 길

한 사람 한 사람의 삶은 자기 자신에게 가는 길이다. 자기 자신에게 이르는 길을 찾는 시도이고 오솔길을 보여주는 것이다. 그 누구도 완벽하게 자기 자신이었던 적은 단 한 번도 없지만 누구나 자기 자신이 되려고 노력한다. 어떤 이는 조용히, 어떤 이는 분명하게 자신이 할 수 있는 방식으로 자기 자신이 되려고 최선을 다한다.

데미안

삶을 위한 절망

신은 우리를 죽이기 위해서가 아니라,

우리 안의 새로운 삶을 일깨우기 위해 절망을 보낸 것이다.

유리알 유희

자아에 관하여

그것은 자아다. 나는 자아의 의미와 본질을 배우고자 했다. 내가 벗어나고자 한 것은 자아였다. 나는 그것을 극복하고자 했다. 하지만 나는 자아를 극복하지 못하고, 단지 기만했을 뿐이다. 내가 할 수 있는 일이라고는 자아를 피해 도망가서 몸을 숨기는 것뿐이었다. 단언컨대, 이 세상에서 그 무엇도 나의 자아만큼 나를 이렇게 몰두시킨 것은 없었다.

싯다르타

다른 길은 없다

당신 자신에게, 당신의 고독과 당신의 감정, 당신의 운명에게 "네"라고 대답하라! 다른 길은 없다. 나는 그 길이 어디로 통하는지 모른다. 하지만 그 길은 삶 속으로, 현실 속으로, 아주 중요한 곳으로 필연적으로 이어질 것이다.

당신은 그 길을 견디지 못하고 스스로 삶을 포기할 수도 있다. 누구나 그럴 수 있다. 그런 생각을 하면 마음이 편할 때가 나에게도 있었다. 하지만 자신의 운명과 삶의 의미를 배반하고, 보통 사람들과 같이 어울려 사는 것으로 그 길을 피할 수는 없다. 아마도 당신은 얼마 못 가서 지금보다 더 큰 절망에 빠지게 될 것이다.

서간 선집

내가 내딛은 삶

나의 유년 시절, 부모님 집에서 보낸 안정된 생활, 부모님을 향한 나의 사랑, 온화하고 유쾌하고 밝은 환경에서 즐겁게 살아온 삶을 이야기하는 것은 분명 멋지고 매력적이고 소중한 일일 것이다.

하지만 나는 나 자신에게 도달하기 위해 내딛은 내 인생의 발걸음들에만 관심이 있다.

데미안

나를 찾는 길

그러나 이 자아, 가장 내면적인 이것은 어디에 있는가? 뛰어난 현자들은 그것은 살이나 뼈, 사상이나 의식이 아니라고 가르쳤다. 그렇다면 대체 아트만은 어디에 있는가? 그쪽으로 가는 길, 자아에게, 나에게, 아트만으로 가는 길을 찾을 방법은 없는가?

싯다르타

영혼의 열림

곧이어 우리는 교회의 작은 술집에 앉아 뭔가 이상한 포도
주를 마시며 두툼한 술잔을 부딪쳤다. 처음에는 별로 내키
지 않았는데 어쨌든 새로운 경험이었다. 그러나 나는 포도
주에 익숙하지 않은 탓에 금세 수다스러워졌다. 마치 내 안
의 창문이 활짝 열려서 세상이 내 안으로 들어온 것 같았다.
나는 얼마나 오랫동안, 얼마나 끔찍하게 오랫동안 영혼에
대해 아무 말도 하지 못했던가!

데미안

영혼의 불꽃

그러나 그 모든 일에도 불구하고 이런 고통을 느끼는 것이 거의 즐거울 지경이었다. 나는 그토록 오랫동안 맹목적으로 맥이 풀린 채 여기까지 기어왔고, 그토록 오랫동안 나의 마음은 초라한 듯 조용히 구석에 웅크리고 있었다. 그래서 이런 자기 고발, 이런 전율, 영혼의 이런 끔찍한 모든 감정조차 환영받았던 것이다.

어쨌든 그것은 감정이었다. 불꽃이 타올랐고, 그 순간 심장도 쿵쾅거렸다! 나는 비참한 감정에 절어 혼란스러웠지만, 그런 가운데도 기묘하게 해방감과 봄의 기운 같은 것을 느꼈다.

데미안

방황 끝에 얻는 것

사람들은 길을 잃을 수도, 지칠 수도 있다. 또 실수를 할 수
도, 규정을 어길 수도 있다.

하지만 다시 한 번 그런 방황을 끝내고 돌아오는 길을 발견
하면 결국 명인이 될 수 있다.

유리알 유희

외로운 존재

싯다르타는 미동도 없이 서 있었다. 한순간 찰나에 싯다르타의 심장은 얼어붙었다. 자신이 얼마나 외로운 존재인지 알았을 때, 그는 자신이 한 마리 작은 짐승인 듯했다. 그는 한 마리 새이자 한 마리 토끼가 된 것처럼 가슴 속 심장이 얼어붙는 느낌이었다. 그는 몇 해 동안 고향이 없는 신세였지만, 그것을 느끼지 못하고 있었다. 이제야 그는 자신이 떠돌이 신세라는 것을 느꼈다.

싯다르타

나에게 열중하기

나는 항상 나에게 집중했다. 늘 나 자신에게 열중했다. 그리고 마침내 인생의 한 조각도 살아보고, 내 안의 뭔가를 세상으로 내보내며 세상과 관계를 맺고 투쟁하기를 열렬히 소망했다.

데미안

내면의 은신처

당시 나는 흔히 말하는 '우연'을 통해서 독특한 피난처를 찾아냈다. 하지만 사실 그런 우연은 없다. 무엇인가를 절실히 필요로 하는 사람이 그것을 찾아내면, 그것은 우연이 아니라 그 자신과 그의 열망과 그의 필요가 그곳으로 그를 인도한 것이다.

데미안

자기 자신이 되는 법

내가 차라투스트라로 존재하는 것을 배웠듯이 너희들도 자기 자신이 되는 법을 배워야 한다. 너희들은 더 이상 다른 사람이어도 안 되고, 아무것도 되지 않으려고 해서도 안 된다. 다른 사람의 목소리를 흉내 내거나 다른 사람의 얼굴을 자신의 얼굴로 생각해서도 안 된다.

차라투스트라의 귀환

나에 대한 무지

내가 나 자신을 전혀 모르고 싯다르타가 나에게 여전히 그토록 낯설고 알 수 없는 존재인 것은 한 가지 이유, 단 한 가지 이유에서 비롯된 것이다. 나는 나 자신을 두려워했으며 나 자신에게서 도망쳤던 것이다.

싯다르타

자기 길을 가는 사람

나는 생각했다. '그는 이렇게 자기 자신 안의 세계를 새롭게 하는구나.' 동시에 나는 그런 생각이 수준 낮은 도덕적인 판단이라고 느꼈다. 내가 그의 꿈에 대해 무엇을 알고 있단 말인가? 어쩌면 그는 이렇게 취한 상태에서 두려움에 떨고 있는 나보다 더 확실한 길을 가고 있는지도 모른다.

데미안

마음이 힘들 때

마음이 무겁고 힘들 때 도움이 되는 좋은 방법이 있다. :
노래 부르기, 신실하게 생활하기, 포도주 마시기, 음악하기,
시 짓기, 산책하기. 은둔자가 기도서에서 삶의 양분을 얻듯
나는 이렇게 살아갈 힘을 얻는다.

구름 낀 하늘

단 하나의 의무

깨달은 사람에게는 단 한 가지 의무만이 있다. 자기 자신을 탐색하고 자기 안에서 더욱 확고해지는 것. 그 길이 어디로 나 있든 자기 자신의 길을 계속 더듬어 가는 것. 이것 외에는 그 어떤 의무도 없다. 이 깨달음이 나를 뒤흔들었다.

데미안

진정 원하는 것

너는 모든 일을 네가 하고 싶어서 기꺼이 하는 게 아니잖아. 선생님과 아버지가 무서워서 그런 것뿐이지. 1등을 하든 2등을 하든 네가 얻는 것이 도대체 무엇이지? 나는 비록 20등이지만 공부벌레인 너희보다 멍청하지는 않아.

수레바퀴 아래서

내 안의 원천

우리는 우리 안의 원천을 찾아내야만 한다. 우리 자아 안의 원천을 찾아내어 나 자신의 것으로 만들어야 한다. 그 외의 모든 것은 탐색이고 우회로이며 방황일 뿐이다.

싯다르타

나의 길을 가기

나는 새로운 삶을 살기 위해서 죄를 짓지 않을 수 없었다.
나의 길은 앞으로 나를 어디로 이끌고 갈까? 그것은 이상한
길일 수도 있고, 꼬불꼬불한 길일 수도 있다. 원형 순환도로
일 수도 있다. 상관없다. 길이 어떻게 나 있든 나는 그 길을
갈 것이다.

싯다르타

진정한 소명

우리 각자에게 주어진 단 하나의 진정한 소명은 오직 자기 자신에게로 가는 것, 그것뿐이다. (…)

그의 과제는 어떤 운명이 아닌 자기 자신의 운명을 찾아내어 끊임없이 자신의 운명에 따라 사는 것이다. 이것 외에 다른 모든 것은 반쪽일 뿐이고, 벗어나려는 시도이며 대중의 이상으로 도망쳐 들어가 적응하려는 것일 뿐이다. 그것은 자신의 내면에 대한 두려움일 뿐이다.

데미안

그럼에도 불구하고

싯다르타, 너를 높이 생각한다. 그토록 오랜 세월을 어리석게 보내고도 갑자기 자각하고, 무엇인가 하고, 가슴 속의 새가 노래하는 소리를 듣고 그 새를 쫓아간 것에 대해 높이 생각한다.

싯다르타

빛의 위안

나에게 인생은 깊고 슬픈 밤과 같다. 이따금 번개가 번쩍 내리쳐서 그 갑작스런 밝음의 순간이 어둠의 세월을 지워버리고, 변호해줄 정도로 위안을 주고 경이롭지 않다면 아마 나는 견디기 힘들 것이다.

어둠, 위안 없는 암흑. 일상은 이렇게 끔찍하게 반복된다. 사람은 도대체 무엇을 위해 아침에 일어나고, 밥을 먹고, 물을 마시고 다시 잠자리에 드는 것일까?

게르투르트

나만의 세계

당신은 종종 자신의 삶에 진저리치면서 도망치려고 했다.
그렇지 않은가? 당신은 이 시대, 이 세계의 현실을 떠나고자
했다. 당신에게 더 잘 맞는 현실로, 시간이 없는 세계로 가
고자 했다. 사랑하는 친구여, 그렇게 하라. 내가 당신을 그
곳으로 초대하겠다. 당신은 다른 세계가 어디에 숨어 있는
지도 알고 있다. 그곳이 당신이 찾고 있는 자신의 영혼의 세
계라는 것도 알고 있다.

당신이 동경하는 저 다른 현실은 오로지 당신 자신의 내면
에 있다. 나는 당신 안에 존재하지 않는 것은 아무것도 당신
에게 줄 수 없다. 당신 영혼의 갤러리 외에 다른 갤러리는
열어줄 수 없다. 내가 당신에게 줄 수 있는 것은 기회와 자
극과 열쇠뿐이다. 내가 할 수 있는 일은 당신 자신의 세계를
당신이 볼 수 있도록 도와주는 것뿐이다.

황야의 이리

옳다고 생각한다면

생각과 행동이 참으로 진실하다면 누구나 성자다.

옳다고 생각하는 일은 반드시 해야만 한다.

크눌프

성공과 몰락

권력을 가진 자는 권력 때문에,

돈을 가진 자는 돈 때문에,

복종하는 자는 복종 때문에,

쾌락을 쫓는 자는 쾌락 때문에 몰락한다.

황야의 이리

나의 책임

인생의 의미가 있고 없고는

내 책임의 범위에서 벗어난다고 생각한다.

하지만 단 한 번뿐인 나의 인생에서

무엇을 할 것인지는 전적으로 나의 책임이다.

서간 선집

인생의 주체

당신은 앞으로 자신의 인생 게임을 원하는 대로 짤 수도 있고, 발전시킬 수도 있다. 또 헝클어버릴 수도 있고, 풍요롭게 할 수도 있다. 그것은 전적으로 당신 손에 달려 있다.

황야의 이리

동경의 별

목표에 도달했으나 그것은 목표가 아니었다. 내가 걸어온 모든 길은 우회로였다. 휴식은 언제나 새로운 동경을 낳았다. 나는 앞으로도 자주 우회할 것이다. 또 이미 이뤄놓은 일들에 계속 실망하게 될 것이다. 그럼에도 그 모든 것은 언젠가는 의미를 보여줄 것이다. 대립이 소멸하는 곳에 열반이 있다. 나에게는 대립이, 사랑스런 동경의 별들이 여전히 환하게 빛나고 있다.

빨간 집

운명에 대한 책임

다른 사람이 내 인생을 본다면 특별히 행복해 보이지는 않을 것이다. 내가 수많은 시행착오를 겪었다고 해도 덜 행복하다고 말할 수는 없다. 행복과 불행을 캐묻는 것 역시 결국은 어리석은 짓이다. 나에게는 인생에서 가장 행복한 시절을 잃어버리는 것보다 가장 불행한 시절을 잃어버리는 것이 더 힘들 것 같기 때문이다.

피할 수 없는 일을 분명하게 받아들이고, 좋은 일이든 힘든 일이든 모두 남김없이 즐기고, 외적인 운명은 물론 내적인 운명과 우연이지 않은 운명을 모두 수용하는 것이 인생에서 중요하다면, 내 인생은 그리 초라하지도 형편없지도 않았다.

외적인 운명은 누구에게 그렇듯이 나에게도 찾아온다. 이것은 피할 수 없으며 신이 내린 것이다. 하지만 내적인 운명은 온전히 나 자신의 작품이다. 그 인생의 단맛과 쓴맛은 모두 나의 몫으로 받아들이고, 그 인생의 책임을 오로지 나 혼자 짊어지고 가려고 한다.

게르투르트

상처가 꽃으로

그는 도망간 아들을 향한 사랑을 마치 상처처럼 마음속 깊이 느꼈다. 동시에 그는 이 상처가 그의 마음을 후벼 파기 위해 생긴 것이 아니라 꽃으로 활짝 피어나 찬란하게 빛나게 되리라는 것을 느꼈다.

싯다르타

고통도 나의 것

고통을 멀리하며 참된 내 인생에서 멀리 떨어진 채 비몽사몽 시간을 유령처럼 보내는 것보다 고통을 겪으며 가시를 상처에 깊이 박아 넣는 것이 오히려 낫다. 울창한 밤나무의 무성한 어두운 우듬지 사이로 하늘이 검푸르게 걸려 있고, 별들이 총총히 박혀 있다. 별들은 모두 근엄하게 황금빛으로 떠올라 저 멀리까지 시원하게 빛나고 있다.

별들은 그렇게 반짝이고 있고, 나무들은 꽃봉오리와 꽃과 암술머리를 훤히 드러내 보이고 있다. 즐거움이든 고통이든 엄청난 생명의 의지에 몸을 맡기고 있다. 하루살이들은 죽음을 향해 비틀비틀 떼 지어가고 있다. 생명마다 자신만의 빛과 아름다움을 지니고 있다.

나는 한순간 이것을 통찰했고 이해했다. 그리고 내 인생의 고뇌를 모두 받아들였다.

게르투르트

견디기 힘들 때

우리가 슬픔에 잠겨 더 이상 삶을 견디기 힘들 때, 나무가 우리에게 이야기한다. :

마음을 가라앉혀라. 진정하라. 그리고 나를 보라! 산다는 것은 그렇게 쉽지도 어렵지도 않은 것이다. 이런 것은 어린 아이나 하는 생각이다. 너 안에서 신이 하는 말씀을 들으면, 그런 생각들은 조용해질 것이다. 너는 너의 길이 어머니로 부터, 고향으로부터 멀어지고 있기 때문에 두려움을 느끼고 있는 것이다. 그러나 네가 내딛는 한 걸음 한 걸음이, 그리고 하루하루가 너를 어머니에게 다시 이끌어줄 것이다. 고향은 여기 혹은 저기에 있는 것이 아니라 바로 너의 내면에 있다. 다른 곳에는 없다.

나무들

나를 괴롭히는 것은

너희들은 고통의 책임을 적에서 떠넘긴다고 해서 자기 자신의 고통이 치료될 수 없다는 것을 이제 알았다. 그런데 너희들은 왜 고통이 존재하는 곳, 즉 자기 자신의 안에서 자신의 고통을 찾으려고 하지 않는가? 너희를 괴롭히는 것은 민족이나 조국이 아니다. 세계 강국이나 민주주의도 아닐 것이다. 어쩌면 그것은 너희 자신이며 너희의 위나 간, 혹은 몸 안의 종기나 암일 것이다.

차라투스트라의 귀환

위기 극복

삶의 곡선이 서서히 올라가고 있다.

다시 콧노래가 흘러나오고,

꽃을 바라보며 산책 지팡이로 장난을 친다.

아, 살아 있다.

위기를 극복한 것이다.

앞으로도 나는 위기를 견뎌낼 것이다.

구름 낀 하늘

방랑하는 존재

오, 구름이여, 아름다운 구름이여, 쉴 새 없이 떠다니는 존재여! 나는 아무것도 모르는 어린아이였을 때부터 구름을 사랑했다. 구름을 보면서 나 역시 구름처럼 살아가리라는 것을 미처 알지 못했다. 여기 저기 낯선 곳을 방랑하면서, 시간과 영원 사이를 부유하면서 살아가리라는 것을.

페터 카멘친트

돈으로 살 수 없는 것

사랑에 빠지기란 얼마나 쉬운지, 그러나 진정으로 사랑하기란 얼마나 어렵고 아름다운 일인지 우리 모두는 잘 알고 있으며 이미 체험했다. 정말 가치가 있는 것은 돈으로 살 수 없듯이 사랑도 그렇다. 향락은 돈으로 살 수 있다. 그러나 사랑은 살 수 있는 것이 아니다.

내면의 풍요로움

유일무이한 나의 것

나무가 이야기한다.:

내 안에는 핵심과 불꽃과 생각이 숨어 있다. 나는 영원한 삶을 사는 존재다. 영원한 어머니가 나와 함께 단 한 번의 일을 시도하고 계획했다. 내 모습과 내 피부의 결도 단 한 번의 일이다. 나의 우듬지 잎새들이 벌이는 사소한 유희와 나의 껍질에 난 작은 상처도 어느 나무에도 없는 단 한 번의 일이다. 내 사명은 이렇게 발현된 단 한 번의 유일한 것에서 영원의 모습을 보여주는 것이다.

나무들

힘든 시간 후에 오는 것들

분노와 초조, 비난과 미움은 사물들과 관계있는 것이 아니다. 이런 모든 감정은 반드시 나 자신에게 돌아온다. 미움을 받아 마땅한 사람은 나 자신이다. 불화와 추함을 세상에 가져다준 사람도 바로 나 자신이다. 나는 오늘 그런 날들로부터 벗어나서 휴식을 취한다. 나는 이제 잠시 쉼을 기대할 수 있다는 것과 세상이 얼마나 아름다운지도 알고 있다. 세상은 그 누구보다도 나에게 지극히 더 아름답다. 색채는 더욱 포근하게 모습을 드러내고, 대기는 더없이 행복하게 흐른다. 빛은 더 부드럽게 떠다니고 있다.

나는 삶이 힘들었던 날들을 대가로 치르고서야 이런 날들을 맞는다는 것을 알고 있다.

구름 낀 하늘

인생의 중심

자기 자신 안에 고향을 갖게 된다면 얼마나 좋은 일인가!

그렇게 되면 우리의 인생은 얼마나 달라질 것인가!

아마도 인생은 중심을 잡을 것이고,

그 중심으로부터 모든 힘이 솟구쳐 나올 것이다.

빨간 집

모든 시작에는 마법이 깃들어 있다

시들지 않는 꽃잎이 없고, 늙지 않는 청춘이 없듯이
우리 인생의 모든 단계가 때가 되면 활짝 꽃을 피우고,
모든 지혜와 미덕도 시간이 되면 꽃을 활짝 피우지만
영원히 지속되지는 않는다.

우리 마음은 생의 부름이 있을 때마다
이별을 준비하고 새로운 시작을 해야만 한다.
씩씩하게 슬퍼하지 않으면서
또 다른 새로운 관계를 맺기 위해서이다.
모든 시작에는 마법이 깃들어 있어
우리를 보호하고 살아가도록 도와준다.

우리는 즐겁게 이곳저곳을 지나가야 하고
어느 곳에도 고향처럼 매달려서는 안 된다.
세계정신은 우리를 속박하거나 옥죄지 않으며

우리를 한 단계 한 단계 더 높여주고 넓혀주려고 한다.

우리가 어떤 생활환경에 슬쩍 안주하고 사는 순간,

바로 무력감이 우리를 위협한다.

떠날 준비와 여행할 준비가 되어 있는 사람만이

마비시키는 습관을 뿌리칠 수 있을 것이다.

죽음의 순간마저도 어쩌면 우리를

새로운 곳으로 묵묵히 보낼지 모른다.

우리를 부르는 생의 소리는 결코 멈추지 않을 것이다.

그렇다면 이제 마음아, 이별하라. 그리고 건강하라.

단계

나를 발견한다는 것

내 안에서 나오는 것

나는 내 안에서,

나 자신에게서 우러나온 삶을,

오로지 그런 삶을 살기를 원했다.

왜 그것이 그토록 어려웠을까?

데미안

공존하는 감정

우리는 가장 아름다운 것에서 즐거움은 물론 슬픔도 두려움도 느낀다고 생각해. (…) 그래서 나는 밤에 어디선가 벌어지는 불꽃놀이보다 더 멋진 것이 없다고 생각하지. 파란색과 녹색 조명탄이 어둠 속으로 솟구쳐 올라 가장 아름다운 순간에 작은 곡선을 그리며 사라져버리잖아. 이 광경을 보고 있으면 즐겁기도 하고 두렵기도 해. 이내 곧 사라져버릴 테니까. 이런 두 감정은 서로 연결되어 있어.

크눌프

상승과 하강

언젠가 나는 꿈속에서 날 수가 있었다. 그렇지만 나는 아직 완전히 익숙하지 않은 상태에서 높이 도약하다가 그만 곤두박질치고 말았다. 공중으로 날아오르는 느낌은 실로 경이로웠다.

하지만 뜻하지 않게 위험한 높이까지 휙 솟아오르자 곧 두려움을 느꼈다. 그 순간, 나는 숨을 참았다가 쭉 내뱉으면서 상승과 하강을 조절할 수 있다는 것을 깨달았다. 그러자 곧 안심이 되었다.

데미안

자신과 멀어진다는 것

똑똑한 말은 전혀 중요하지 않아. 정말 의미가 없지. 자기 자신에게서 멀어질 뿐이야. 자기 자신에게 멀어진다는 것은 죄악이야. 우리는 완전히 자기 자신 속으로 들어갈 수 있어야 해. 마치 거북이처럼 말이야.

데미안

내면에 귀 기울이기

고타마는 왜 보리수 아래에서 깨달음을 얻게 되었을까? 그
는 어떤 목소리를, 이 나무 아래에서 평정을 찾으라고 명령
하는 내면의 목소리를 들었던 것이다. 그에게 금욕, 제사,
목욕재계와 기도, 음식, 음료, 잠, 꿈은 중요하지 않았다.
그는 내면의 목소리에 귀 기울였다. 외부의 명령이 아니라
오로지 내면의 목소리에 귀 기울였다.

싯다르타

찾는다는 것과 발견하는 것

눈은 찾고 있는 것만 보느라 아무것도 발견하지 못하고, 아무것도 자기 안으로 받아들이지 못하는 일이 종종 일어난다. 그런 사람은 찾고 있는 대상만을 골똘히 생각하고, 하나의 목표만 가지고 그 목표에 사로잡혀 있기 때문이다.

찾는다는 것은 하나의 목표를 가진다는 의미다. 하지만 발견한다는 것은 자유로운 상태, 열린 상태, 아무런 목표를 갖고 있지 않다는 의미다.

싯다르타

미워하는 이유

우리가 누군가를 미워한다면 바로 그 사람에게서

우리 자신 안에 있는 무엇인가를 보고 증오하는 것이다.

우리 자신 안에 없는 것은 우리를 자극하지 않는 법이다.

데미안

진행형의 존재

우리 각자는 한낱 한 명의 인간일 뿐이고, 단지 하나의 시
도이며 하나의 과정일 뿐이다. 그렇지만 각자 완전한 것
이 있는 바로 그곳으로 향해 가야 한다. 중심을 향해 가려
고 노력해야지 주변으로 가서는 안 된다.

유리알 유희

비교하지 말 것

자신을 다른 사람들과 비교하지 말게. 자연이 자네를 박쥐로 만들었다면, 자기 스스로 타조가 되려고 해서는 안 된다네. 때때로 자네는 자기 자신을 별난 사람이라고 생각하고 대부분의 사람들이 가는 길을 가지 않는 자신을 비난하지. 그런 생각은 하지 말게.

불꽃을 들여다보고 눈을 들어 구름을 보게. 어떤 예감이 떠오르고, 자네의 영혼 안에서 목소리가 들려오기 시작하면 그 소리에 자기 자신을 맡겨보게.

데미안

자신과의 조우

그는 세상이란 건물에서 자신의 자리를 예감하고 있다. 그는 불멸의 존재들을 예감하며 잘 알고 있다. 그는 자기 자신과 조우할 수 있음을 예감하며, 또 두려워하고 있다. 그는 괴로워도 들여다봐야만 하는 거울, 들여다보는 것이 죽도록 두려운 거울이 존재하고 있음을 알고 있다.

황야의 이리

존재의 본질

너에게 아무 말도 해줄 수 없어, 크나우어. 이런 일은 서로 도와줄 수 없어. 나 역시 누구의 도움도 받지 않았어.

너는 우선 스스로 깨닫고 나서 정말 너의 본질에서 우러나오는 것을 해야만 해. 다른 방법이 없어. 내 생각에 네가 너 자신을 찾지 못한다면 넌 어떤 영혼도 찾지 못할 거야.

데미안

나만의 운명

나는 내 자신을 들여다보다가 내 운명의 부릅뜬 두 눈을 보았다. 이 두 눈은 지혜로 가득 차 있을 수도 있고, 광기로 꽉 차 있을 수도 있다. 또 사랑의 빛을 내뿜을 수도 있고, 악의를 내뿜을 수도 있다. 하지만 상관없다. 우리는 그 중 어떤 것도 선택할 수 없으며 선택하려고 해서도 안 된다.

인간은 오로지 자기 자신만을, 오로지 자신의 운명만을 원할 수 있다.

데미안

불행도 나의 힘

밤의 샘물로부터 이름이 있거나 없는 수백 가지 영상들이
새롭고 생생하게 솟아올랐다. 나는 불행을 겪으면서 오랫
동안 잊고 있었던 것을 다시 알게 되었다. 그런 영상들은
내 인생의 재산이자 가치이며, 없어지지 않고 영원히 존재
할 별과 같은 체험이라는 것을. 그런 체험은 잊을 수는 있지
만 결코 없애버릴 수는 없을 것이다. 그 일련의 체험들은 내
인생의 전설이며, 그 빛나는 광채는 결코 파괴될 수 없는 내
존재의 가치라는 것을 알게 되었다.

황야의 이리

나의 운명은 나의 것

당신의 운명은 당신을 사랑한다.

당신이 충실하기만 하다면 언젠가 운명은

당신이 꿈꾸는 대로 완전히 당신의 것이 될 것이다.

데미안

나를 돌보는 시간

물론 적당히 해야 해. 지나치면 안 되는 거야! 일주일에 한 두 번은 꼭 산책을 하도록 해. 산책은 경이로움을 느끼게 하지. 화창한 날에는 책을 들고 야외로 나가봐. 밖에서 신선한 공기를 맡으며 공부한다는 것이 얼마나 편안하고 즐거운 일인지 알게 될 거야. 어쨌든 기운 내!

수레바퀴 아래서

삶의 원동력

나는 늘 죽음을 두려워해서 그것과 부단히 싸울 수밖에 없었다. 나는 죽음과의 전쟁, 절대적이고 완고한 삶의 의지야말로 모든 탁월한 인간들을 살게 했고, 또 행동하게 한 원동력이라고 믿는다.

황야의 이리

사랑을 이끄는 힘

그녀가 말했다.

"사랑은 간청한다고 이루어지는 것도 아니고, 요구한다고 될 일도 아니에요. 사랑은 자신 안에서 스스로 확신할 수 있는 힘을 가져야 해요. 그러면 이제 사랑은 누군가에게 이끌리는 것이 아니라 그를 이끌어오게 됩니다. 싱클레어, 당신은 내게 이끌리고 있어요. 언젠가 당신의 사랑이 나를 이끌게 된다면 그때는 내가 갈 거예요."

데미안

지금, 오늘이다

오늘은 결코 다시 오지 않는다.

오늘을 먹고 마시고 맛보고 냄새 맡지 않는 사람에게

오늘은 영원히 다시 주어지지 않는다.

태양은 두 번 다시 오늘처럼 그렇게 빛나지 않을 것이다.

클링조어의 마지막 여름

사랑과 자기발견

그녀가 왔다. 그는 두 팔을 활짝 벌려 그녀를 자신에게로 끌어당겼다. 그녀가 그의 앞에 섰을 때, 그녀의 모습은 완전히 변해 있었다. 그는 전율했다. 그는 잃어버린 세계 전체를 자기 자신에게로 끌어당겼음을 느꼈고, 마침내 보았다. 그녀는 그의 앞에 서서 그에게 자기 자신을 헌신했다. 하늘과 숲과 시내, 모든 것이 새로운 색으로 더할 나위 없이 아름답고 깨끗하게 그에게 다가와서 그의 것이 되었고, 그의 언어로 말했다. 그는 단순히 한 여인을 얻은 것이 아니라 가슴으로 전 세계를 품었다. 하늘의 별 하나하나가 그의 안에서 빛을 냈고, 기쁨이 그의 영혼을 관통하며 반짝였다.

그는 사랑했고, 그러면서 자기 자신을 발견했다. 하지만 대부분의 사람들은 사랑하면서 자기 자신을 잃어버린다.

데미안

내가 되어가는 순간

그의 주위 세계가 녹아 없어졌다. 그는 마치 하늘의 별처럼 외롭게 홀로 서 있었다. 냉기와 절망에 쌓여 있던 순간, 그의 자아는 응집된 채 어느 때보다 더 강하게 솟구쳐 올라왔다. 그는 이것이 깨달음의 마지막 몸서리이자 탄생의 마지막 처절한 노력이라는 것을 느꼈다. 그는 다시 발을 떼고 빠르게 걷기 시작했다. 더 이상 집으로 가는 것도, 아버지에게 가는 것도, 되돌아가는 것도 아니었다.

싯다르타

홀로 서는 법

그것은 그냥 편안함의 문제야! 너무 편해서 스스로 하지 못하고, 스스로 재판관이 되지 못하는 사람은 하지 말라는 것은 안 하지. 그것이 편하고 쉬우니까. 그런데 자기 안에서 자신의 계율을 느끼는 사람들이 있지. 그들에게는 명망 있는 사람들이 매일 하는 일들이 해서는 안 될 일이기도 하고, 다른 금지된 일들이 허용되기도 하지.

누구나 자기 자신으로 홀로 서야 하는 법이야.

데미안

내일의 '나'

"친구, 기억하게나. 형상의 세계는 무상하다는 것을. 우리의 옷, 머리 스타일, 머리카락과 육체조차 더할 나위 없이 덧없다네." (…)

"그렇다면 싯다르타, 지금의 그대는 무엇인가?"

"글쎄. 그대처럼 나도 알 수 없다네. 나는 지금 길을 가고 있는 중이라네. 나는 부자였지만 지금은 아니지. 내일 내가 무엇이 될지 어찌 알겠는가."

싯다르타

진실로 믿었다면

그는 그리움이 극에 달한 순간, 별을 향해 허공으로 뛰어올랐다. 뛰어오르는 순간, 번개처럼 이런 생각이 스쳐 지나갔다. 불가능한 일이야! 그때 그는 저 아래 해변으로 떨어져 산산이 부서졌다. 그는 사랑을 할 줄 몰랐던 것이다. 뛰어오르는 순간, 온 마음을 다해 사랑이 이루어질 것을 믿었다면 그는 하늘로 날아올라 별과 하나가 되었을 것이다.

데미안

현재라는 본질

과거에는 아무것도 없었다.

미래에도 아무것도 없을 것이다.

모든 것은 현존한다.

모든 것은 본질과 현재를 가지고 있다.

싯다르타

조용한 열정

모든 것에 유용하고 타당하려면 정신력과 열정, 따뜻함에 있어 빼기가 아니라 더하기가 확실히 필요해. 네가 정열이라 부르는 것은 정신력이 아니라 영혼과 외부 세계 사이의 마찰이야. 정열이 지배하는 곳에 욕구와 열망의 에너지가 더해지기보다는 그 에너지가 분산되어 잘못된 목표로 향하고 있기 때문에 긴장과 불안한 분위기가 있는 거지.

욕망의 에너지를 진정한 존재로, 완전함으로, 최대치로 향하게 하는 사람은 격정적인 사람보다 침착해 보이지. 사람들은 그의 열정의 불꽃을 항상 보지는 못하기 때문이야. 예를 들면 그런 사람은 논쟁을 할 때 소리를 지르지도 팔을 휘두르지도 않지. 그렇지만 그는 열중하고 있고, 뜨겁게 불타오르고 있어.

유리알 유희

지식과 지혜의 차이

지식은 전달할 수 있지만 지혜는 그렇지 못하지. 우리는 지혜를 찾아낼 수 있고 실천할 수 있어. 또 지니고 다닐 수 있고, 지혜로 기적을 행할 수 있다네. 하지만 지혜를 말하거나 가르칠 수는 없지. 나는 이런 사실을 젊은 시절에 이미 짐작하고 있었어. 그 때문에 나는 스승들을 떠난 거라네. (…)

모든 진리는 그 반대도 역시 진리라네! 말하자면 진리는 오직 일면적일 때만 말로 표현할 수 있고, 말 속에 담을 수 있는 법이지. 생각과 언어로 표현된 모든 것은 일면적이야. 모든 것은 반쪽이고, 그래서 전체성과 완전함과 통일성이 부족하지. (…) 그런데 세계 전체와 우리 주변과 우리 내면에 존재하는 모든 것은 절대 일면적이지 않지.

싯다르타

나를 향한 두려움

사람들은 서로가 서로를 두려워해서 서로에게로 도망치는 것이다. 신사들은 신사들끼리, 노동자들은 노동자들끼리, 학자들은 학자들끼리! 그렇다면 그들은 왜 두려움을 느끼는 걸까?

인간은 자기 자신과 하나가 되지 못하면 두려움을 느낄 수밖에 없다.

데미안

다름을 존중하는 법

진심으로 하는 말이야. 해와 달, 바다와 육지가 가까워질 수 없듯이 우리는 서로 가까워질 수 없어.

사랑하는 친구, 우리 두 사람은 해와 달, 바다와 육지야. 우리의 목표는 서로의 세계로 들어가는 것이 아니라 서로를 인식하는 거야. 우리는 상대를 있는 그대로 보고 존중하는 법을 배워야 해. 그렇게 서로 대립하고 보완하는 거야.

나르치스와 골드문트

뿌리의 운명

누구나 다른 사람의 영혼과 섞일 수 없는 자신만의 영혼을 가지고 있다. 두 사람은 서로에게 다가갈 수도 있고, 함께 이야기할 수도, 함께 있을 수도 있다. 하지만 그들의 영혼은 자기 자리에 뿌리를 내린 꽃과 같아서 다른 영혼에게 갈 수가 없다. 다른 영혼으로 가려면 자신의 뿌리를 떠나야 한다. 하지만 그것은 불가능한 일이다. 꽃들은 서로 마주보고 싶어서 자신의 향기와 씨앗을 보내지만 씨앗이 올바른 자리에 떨어지도록 꽃이 할 수 있는 일은 아무것도 없다. 그것은 바람이 할 일이다. 바람은 자신이 원하는 대로, 원하는 곳에서 이리저리 분다.

크눌프

깨어 있는 사람

나는 자기 내면의 비합리적인 힘과 충동,

그리고 약점을 이성적으로 인식하고 평가할 줄 아는 사람이

깨어 있는 사람이라고 생각한다.

나르치스와 골드문트

거리를 두는 힘

세계 역사에서 진실로 위대한 인물들은 모두 명상을 할 줄 알았거나 명상이 자신을 어디로 이끌어갈지 그 길을 무의식적으로 알고 있었다. 그렇지 못한 사람들은 재능이 아무리 뛰어나고 힘이 있더라도 결국은 모두 실패하거나 패배하고 말았다. 그들의 과제나 그들이 가지고 있는 야심찬 꿈에 사로잡혀서 이성을 잃어버리고, 현실적인 것에서 벗어나 현실과 거리를 둘 힘을 잃어버렸기 때문이다. (…) 그것은 엄연한 사실이다. 그것이 얼마나 무서운 사실인지, 길을 한 번 잃어본 사람은 그때 비로소 알게 된다.

유리알 유희

감정은 좋은 것

어떤 감정도 사소하다고 말하지 마라. 어떤 감정도 가치 없다고 하지 마라. 모든 감정이 다 정말 좋은 것이다. 증오도, 시기도, 질투도, 심지어 잔혹함조차도, 우리는 자신의 가련하고 아름답고 멋진 감정으로 살아가는 것이다. 그 외에 다른 어떤 것으로도 우리는 살아갈 수 없다. 우리가 어떤 한 감정을 부당하게 다룬다면 그것은 별 하나를 지워버리는 것이다.

클링조어의 마지막 여름

평화도 노력이다

평화는 분명히 존재한다. 그러나 우리 안에 살면서 영원히 우리를 떠나지 않는 평화란 없다. 그저 지치지 않고 부단히 싸워서 얻어내는 평화, 날마다 분투하여 얻어내는 평화만 이 있을 뿐이다.

나르치스와 골드문트

관계의 거리

아무리 가까운 사이라 하더라도

사람들 사이에는 심연이 놓여 있다.

아무리 비상다리라 할지라도

오직 사랑만이

그 심연을 건널 수 있는 다리가 될 수 있다.

크눌프

고통의 힘

고통을 잘 견디는 사람은 인생의 반 이상을 산 사람들이다.

괴로워할 수 있다는 것은 삶을 완전하게 사는 것이다.

태어난다는 것은 고통이고 성장도 고통이다. 씨앗은 땅을,

뿌리는 비를, 꽃봉오리는 터트리는 것을 견뎌야 한다.

차라투스트라의 귀환

자기 안에서 강해지는 사람

자신의 운명을 외부에서 받아들이는 사람은 화살이 들짐승을 쓰러뜨리듯 운명의 화살에 맞고 쓰러진다. 하지만 운명이 자신의 내면에서, 자신의 가장 고유한 곳에서 우러나오는 사람은 운명의 힘으로 강인해지고 마침내 신이 된다. 운명은 차라투스트라를 차라투스트라로 만들었다. 그러므로 운명은 당신을 당신 자신으로 만들어줄 것이다.

차라투스트라의 귀환

의지의 자유

"도대체 우리가 운명을 바꿀 수 있습니까? 도대체 의지의 자유라는 것이 있습니까? 그러니까 점성술사인 당신은 나의 별을 다른 쪽으로 돌려놓을 수 있습니까?"
"그럴 수 없지요. 나는 다만 해석할 수 있을 뿐입니다. 당신의 별을 돌려놓을 수 있는 사람은 오직 당신입니다."

클링조어의 마지막 여름

만들어가는 존재

인간은 확정된 존재도 아니고

완전히 만들어진 완성된 존재도 아니다.

인간은 유일무이한 존재도 명백한 존재도 아니다.

인간은 오히려 생성되어가는 존재이며,

하나의 시도이자 예감, 그리고 미래이다.

전쟁과 평화

100

고집이 있는 사람

내가 말한 '고집'을 가진 사람은 돈이나 권력을 찾아다니지 않는다. 그가 도덕군자인 척하는 사람이거나 체념한 이타주의자라서 이런 것을 경멸하는 것은 아니다. 오히려 그 반대다. 돈이나 권력, 그런 것들 때문에 사람들이 서로를 괴롭히고 죽이기 때문이다.

자기 자신에게 가는 사람, 고집 있는 사람은 그런 것에 가치를 두지 않는다. 그는 오직 한 가지만을 높이 평가한다. 그것은 그를 살게 하고, 그의 성장을 돕는 그 자신 안에 있는 신비로운 힘이다. 그 힘은 돈과 같은 것으로 유지될 수도 없고 자라날 수도 깊어질 수도 없다.

고집

따로 또 함께

활동적인 사람이 있다면 관조적인 사람도 있다. 그런데 정작 중요한 것은 두 가지 대립을 일치시키는 것이다. 이 대립적인 모습을 자기 안에 모두 갖고 있는 사람이 정말 살아 있는 사람이다. 때에 따라서는 모범적인 사람이기도 하다. 그렇다고 쉬지 않고 일하는 사람과 계속 뭔가를 하는 사람에게 반감을 갖고 있는 것은 아니다. 지나치게 자신에게 몰두하는 은둔자 역시 싫어하지 않는다. 하지만 나는 두 부류 모두에게 흥미를 느끼지 않고 있다. 또 그들을 바람직하다고 생각하지도 않는다.

나는 같이 어울려 살 수 있으면서도 혼자 있을 줄 아는 사람, 행동력과 자기침잠의 능력을 모두 갖춘 사람을 찾고 있으며 그런 사람을 원한다.

서간 선집

개성의 발견

다른 사람과 구별되는 특징을 누군가에게 발견하는 것은

곧 그 사람이 누구인지를 안다는 의미다.

나르치스와 골드문트

전환의 순간

몰락의 분위기가 판을 치는 시대에는 악마처럼 생긴 특이한 새로운 신들이 항상 등장한다. 이때에는 기존의 합리적인 것들은 무의미해지고, 지금까지 미친 짓이라고 생각했던 것들이 긍정적이고 믿을 만한 것으로 바뀐다.

모든 경계가 모두 무너진 것처럼 보이고 어떤 평가도 불가능하다. 선하지도 악하지도 않고, 신도 악마도 아니며 창조자이자 파괴자이고 맹목적이며 원초적 힘일 뿐인 데미우르고스가 등장하는 것이다.

이런 몰락의 순간은 충격적인 체험이자 기적이며 전환의 순간이다. 그것은 떨어져 있는 양극이 만나고, 경계가 허물어지고, 규범이 녹아 없어진 패러독스의 순간이자 불꽃이 타오르는 순간이다. 이때 상황에 따라서는 도덕과 질서가 무너지기도 하지만 그 과정 자체는 대단히 활기차다.

관찰

계속 살아가기

아, 너희 젊은이들이여! 너희들은 길지 않은 삶에서 많은 것을 배웠다. 너희들은 군인이었고 수백 번 죽음과 맞서 싸웠고, 영웅이며 조국의 기둥이다. 나는 너희들에게 한 가지만 부탁하고 싶다. 여기서 만족하지 말라고.

계속 더 많이 배우고 계속 더 노력하기를! 그리고 진실이 얼마나 멋진 것인지도 때때로 성찰하기를!

차라투스트라의 귀환

성장의 조건

청년에서 남자로 성장하기 위해서는 중요한 두 단계를 거쳐야 한다. 우선 자신의 자아를 내면화하고 의식하는 단계, 그 다음 이 자아가 공동체 안에서, 사회 안에서 자리를 잡는 단계가 있다. 비교적 단순하고 문제가 없는 젊은이라면 이 두 단계를 그리 힘들이지 않고 준비할 것이다.

하지만 개성이 강하고 재능 있는 젊은이들이라면 힘들 것이다. 아직 특별한 재능이 드러나지 않은 젊은이에게 이것은 정말 어려울 것이다. 그러나 인생은 우리 모두에게 모험이다. 그래서 우리 각자의 재능과 욕망, 그리고 사회적 요구를 조화롭게 통합시키기 위해 노력해야 한다.

미발표 서간집

두려움의 전환

만일 내일 무슨 일이 일어날지도 모른다는

두려움에 사로잡혀 있다면

우리는 오늘과 현재,

그리고 현실을 동시에 잃어버리는 것이다.

마드론 뵈머에게 보내는 편지

고독하고 의연하게

나무는 언제나 나를 가장 감동시키는 설교자였다.

나는 작은 숲에서 군락을 이루며 성장해가는 나무들을 신성한 존재라고 생각했다. 하지만 나무들이 홀로 서 있을 때 나무들을 더욱 숭배한다. 그때 그들은 마치 고독한 사람처럼 보인다. 나약함 때문에 세상을 등진 사람들이 아니라, 베토벤이나 니체처럼 위대하고 고독한 사람들을 말한다.

나무들

가장 두려운 것

그는 문득 두려움이 무엇인지 알게 되었다. 두려움의 실체를 알고 있는 사람만이 두려움을 극복할 수 있다. 우리는 수천 가지를 두려워한다. 고통, 재판관, 자기 자신의 마음을 두려워한다. 그리고 잠에서 깨어나는 것을 두려워하고, 혼자 있는 것, 추위, 광기, 죽음을 두려워한다. 그러나 이 모든 것은 단지 두려움의 가면이고 위장일 뿐이다.

사실 우리가 정말로 두려워하는 것은 단 한 가지이다. 자기 자신을 던지는 것, 미지의 세계로 뛰어드는 것, 기존의 모든 확실한 것들을 뛰어넘는 작은 시도를 두려워하는 것이다.

한 번쯤 자기 자신을 완전히 던져본 사람, 강한 확신에 가득 찼던 사람, 운명에 자신을 완전히 맡겨본 사람은 진실로 자유로운 사람이다.

클라라와 바그너

되어가는 존재

젊은이의 과제, 동경, 의무는 생성되어가는 것이다.

성숙한 인간의 과제는 자기 자신을 내주는 것이다. 혹은 언젠가 독일의 신비주의자가 말했듯이 '소멸하는 것'이다. 이를 위해서는 우선 조화롭고 균형 잡힌 사람, 진정한 인격체가 되어야 한다. 그리고 자기실현의 과정에서 고통을 겪어야만 자기희생을 할 수 있다.

편지 1933

고통보다 더 높이

나는 고통의 세계를 가장 빠르게 지나가기 위해서는

고통의 한가운데를 관통해야 한다고 생각했다.

그래서 고통과 그보다 높은 힘에 나 자신을 맡겼다.

그 결과가 어떠하든 그 힘에 나를 맡겼다.

서간 선집

울림을 주는 것

세상에서 가장 좋은 것, 가장 아름다운 것, 가장 가지고 싶은 것은 자신의 영혼으로만 대가를 치를 수 있다. 이는 사랑을 결코 돈으로 살 수 없는 것과 마찬가지다. 영혼이 순수하지 않은 사람, 선을 행할 능력이 없는 사람, 적어도 선을 믿을 능력이 없는 사람에게는 최상의 것도 가장 고귀한 것도 온전한 울림을 주지 못할 것이다.

어느 속물에게 보내는 편지

사십과 오십 사이

마흔과 쉰 사이 십 년은 열정적인 사람과 예술가에게 항상 위기의 시절이자 불안의 시기이다. 종종 자신의 삶과 자기 자신에게 만족하기 힘든 때이다. 그러나 이 시기가 지나면 평온한 시절이 찾아온다. 나만 이런 경험을 한 것이 아니다. 다른 사람들에게서 이런 모습을 많이 보았다. 부글부글 끓어오르던 시절이자 투쟁과 갈등의 시절인 청춘이 아름다웠던 것처럼 나이가 드는 것과 성숙해지는 것도 그 나름의 아름다움과 기쁨이 있다.

아들 브루노에게 보낸 편지

고통이 없다면

자기 자신 안에서 마음속의 동요를 미리 억누르지 마라. 섣불리 그런 감정을 '광기' 등으로 부르지 마라. 그런 동요에 귀 기울이고, 그것을 분명하게 인식하라. 우리가 발전하는 한 단계 한 단계가 그런 상태와 연결되어 있다. 고난과 고통 없이는 앞으로 나갈 수 없다.

서간 선집

잘 들어주는 사람

바수데바는 주의 깊게 싯다르타의 말을 경청했다.

그는 싯다르타의 모든 이야기, 그의 출생, 어린 시절, 배움, 구도, 기쁨, 곤경 등의 이야기에 귀 기울였다. 경청은 뱃사공 바수데바의 가장 훌륭한 미덕 중 한 가지였다. 그만큼 다른 사람의 말을 잘 듣는 사람도 드물었다.

싯다르타는, 바수데바가 한마디 말도 없이 자신의 말을 마음을 열고 느긋하게 듣고 있음을 느꼈다. 단 한마디의 말도 놓치지 않고, 말을 하라고 채근하지도 않으면서 칭찬이나 비난도 하지 않고, 오직 그의 말을 경청하고 있음을 느꼈다.

싯다르타는 이렇게 잘 들어주는 사람에게 고백할 수 있다는 것이, 자신의 인생과 구도, 고뇌를 이런 사람에게 털어놓을 수 있다는 것이 그저 행복했다.

싯다르타

누구도 나를 파괴할 수 없다

나무여, 사람들이 네 가지를 어떻게 쳐냈는지

너는 너무 낯설고 이상한 모습으로 서 있구나!

너는 수백 번의 고통을 겪으며

너의 안에는 반항과 의지만이 남았구나!

나도 너와 같다. 가지가 잘려 나갔고

고통 받은 삶을 떨쳐내지 못했다.

하지만 매일 숱한 고초를 딛고 나와

다시 이마를 빛 속에 내민다.

내 안의 부드러움과 연약함을

세상은 죽도록 비웃었다.

그러나 누구도 내 본질을 파괴할 수 없으니

가지가 수백 번 잘려나간다 해도

나는 자족하며 마음을 달래면서 끈질기게

새로운 잎을 싹틔운다.

그리고 나는 모든 괴로움을 딛고

이 미친 세상을 사랑한다.

가지 잘린 떡갈나무

다시, 태어난다는 것

자아의 탄생

새는 알에서 나오기 위해 힘겹게 투쟁한다.

알은 세계다.

태어나려면 한 세계를 깨뜨려야 한다.

새는 신에게로 날아간다.

그 신의 이름은 아프락사스!

데미안

자기 자신의 뜻

도대체 고집이란 무엇인가? 그것은 '자기 자신의 뜻'을 가지고 있다는 의미다. 그렇지 않은가. 이 땅 위의 모든 것은 단하나도 빠짐없이 자기 자신의 뜻을 가지고 있다. 모든 돌과풀, 꽃, 관목, 동물은 '자기 자신의 뜻'에 따라 자라며 살고 행동하고 느낀다. 바로 그 때문에 세상은 멋지고 풍요롭고 아름다운 것이다.

고집

자아의 심연

싯다르타는 이런 시선과 미소와 앉음새와 걸음걸이를 가진 사람을 본 적이 없다고 생각했다. 그는 진실로 그분처럼 자유롭고 고귀하게, 조용하고 당당하게, 순수하고 신비스럽게 바라보고 미소 짓고 앉고 걸을 수 있기를 원했다.

자아의 가장 깊은 내면까지 뚫고 들어간 사람만이 저런 시선과 걸음걸이를 가질 수 있다. 싯다르타는 자신도 가장 깊은 내면까지 들어가기 위해 노력해야겠다고 생각했다.

싯다르타

나를 비워내기

싯다르타 앞에는 한 가지 목표가 있었다. 그것은 자기 자신을 비우는 것이다. 격렬한 갈망과 욕망과 꿈과 기쁨과 고뇌에서 완전히 자유로워지는 것을 말한다. 자아를 죽이는 것, 자아에서 벗어나는 것, 텅 빈 마음의 평화를 찾는 것, 자아를 초월한 명상 한가운데서 경이로움에 마음을 활짝 열어놓는 것, 그것이 그의 목표다. 자아의 일체를 극복하고 자아가 죽었을 때, 마음속의 모든 욕망과 충동이 침묵할 때, 최후의 것이, 자아를 초월한 가장 깊은 내면의 본질이, 위대한 비밀이 깨어날 것이다.

싯다르타

두려움을 느끼는 이유

네가 두려움을 느끼는 사람들과 일들이 있지. 그런 감정은 어디에서 나오는 걸까? 그 누구도 두려워할 필요는 없는데 말이야.

어떤 사람을 두려워한다는 것은 네가 그에게 너 자신을 지배할 수 있는 힘을 내줬기 때문이지. 가령 네가 나쁜 짓을 했다고 가정해보자. 상대가 이 사실을 안다면 바로 그가 너를 지배할 힘을 갖게 되는 거지.

데미안

주체적인 삶

이보게, 재단사 친구. 자넨 성경에 너무 많은 기대를 하고 있어. 내 생각에는 무엇이 진리인지, 인생을 어떻게 살아가야 할지, 그것은 사실 각자 스스로 고민할 문제이지 책에서 배울 수 있는 것은 아니라네.

크눌프

내 안의 최고의 것

우리는 우리 안에서 세계를 매일 새롭게 만들어야만 해. 그렇지 않으면 우리는 아무것도 아니니까. (…) 자네는 사랑에 대한 꿈과 소망을 분명히 가지고 있을 거야. 어쩌면 그것은 자네가 두려워하는 모습일 수도 있지. 두려워하지 말게. 그것은 자네가 가진 가장 최고의 것이니까! 내 말을 믿게. 나는 자네 나이에 내 사랑의 꿈들을 능멸해버리고 결국 많은 것을 잃고 말았지. 그래서는 안 된다네. 아프락사스를 알고 있다면 절대 그래서는 안 돼. 아무것도 두려워해서는 안 된다네. 영혼이 우리 안에서 원하는 그 어떤 것도 금지된 것은 없다네.

데미안

다시, 태어난다는 것

태어나는 것은 언제나 어렵다.

새는 알에서 나오려고 무던히 애쓴다는 것을 당신은 알고

있다. 살아온 길을 되돌아보고 자기 자신에게 물어보라.

그 길이 그토록 힘들었던가? 단지 힘들기만 했던가? 아름답

지는 않았는가? 혹시 그보다 더 아름답고, 더 쉬운 길이 있

었는가?

데미안

특별한 존재

내가 살아 있다는 이 비밀,

내가 세상 모든 사람들과 다른 특별한 존재라는 수수께끼,

내가 싯다르타라는 이 엄청난 비밀만큼

나를 집중시킨 것은 아무것도 없었다.

싯다르타

꿈을 찾아서

누구나 각자 자신의 꿈을 찾아야 한다.

그러면 길이 쉬워진다. 하지만 영원히 지속되는 꿈은 없다.

새로운 꿈이 나타나면 이전의 꿈은 밀려난다.

그러니 어떤 꿈도 붙잡으려고 해서는 안 된다.

데미안

미지의 존재

자연이 창조한 인간은 예측 불허의 존재이고,

꿰뚫어볼 수 없는 위험한 존재이다.

인간은 미지의 산에서 흘러내려온 강물이며,

길도 없는 무질서한 원시림이다.

수레바퀴 아래서

더 많이 사랑하기

우리는 인생이 의미 있기를 원한다. 하지만 인생은 우리 자신이 줄 수 있는 딱 그 정도의 의미만을 가질 뿐이다. 우리 각자는 인생에게 완전한 의미를 줄 수 없다. 그렇게 때문에 철학이나 종교에서 마음에 위안이 되는 답을 찾아보려고 노력하는 것이다. 하지만 대답은 한결 같다.

오직 사랑만이 인생의 의미를 줄 수 있다. 다시 말해 더 많이 사랑하고, 더 많이 헌신할수록 우리의 인생은 더욱 의미 있어진다.

서간 선집

다시, 시작하기

정말로 깨달은 사람이나 새로 태어난 사람은

인생을 처음부터 완전히 다시 시작해야만 한다.

싯다르타

명랑함을 잃지 않기

진정으로 유리알 유희를 할 수 있는 사람은, 익은 과일이 달콤한 과즙으로 가득 차 있듯 뼈 속까지 밝고 명랑하기 마련이다. 그는 무엇보다 음악의 명랑성을 지니고 있는데, 그것은 바로 용감함이고, 세상의 공포와 화염 속을 뚫고 한가운데로 명랑하게 미소를 지으며 춤추며 나아가는 것이며, 제물을 성대하게 바치는 것이다. 그것 말고 뭐가 있겠는가.
나는 이런 명랑성을 학창시절에 처음으로 어렴풋이 이해하기 시작했고, 그것은 그 어떤 것보다 중요해졌다. 앞으로 내가 아무리 불행하고 고통스럽다 할지라도 명랑성을 포기하는 일은 절대 없을 것이다.

유리알 유희

매순간 새롭다는 것

그는 강의 숱한 비밀 중에서 오늘 단 한 가지만 보았지만,

그것은 그의 영혼을 사로잡았다.

그는 강이 흐르고 흘러 영원히 흘러가지만

언제나 거기에 있고, 언제나 같은 강물이지만

매순간 새롭다는 것을 알았다!

싯다르타

충만한 순간

미소를 띤 채 싯다르타는 친구의 뒷모습을 바라보았다. 그
는 변함없이 충직한 이 친구를, 이 고지식한 친구를 사랑하
고 있었다. 그리고 바로 이 순간, 신비로운 잠에서 깨어난
위대한 이 순간, 옴으로 충만한 이 순간에 그가 어떻게 누군
가를, 무엇인가를 사랑하지 않고 배길 수 있단 말인가.

바로 그 안에 마법이 있었다. 모든 것을 사랑하고 그가 보는
모든 것에서 충만하고 밝은 사랑을 느끼는 것은, 꿈속에서
그리고 옴을 통해 싯다르타 안에서 일어난 마법이었다. 이
제 생각해보면 그는 예전에는 아무것도 아무도 사랑할 수
없을 정도로 병들어 있었던 것 같았다.

싯다르타

불행에도 빛나는

내 삶은 고단했고 불행했으며, 길을 잃었고 체념과 부정으로 이어졌다. 내 삶은 인간 모두가 맛보는 운명의 소금에 절여져 쓰디썼으나, 그럼에도 풍요롭고 자랑스러웠다. 그것은 비참한 삶 속에서도 왕과 같은 삶이었다. 몰락의 순간까지 삶의 길이 철저히 비참했다 해도 내 삶의 핵심은 언제나 숭고했다. 내 인생은 더없이 훌륭했다. 중요한 것은 돈 몇 푼이 아니라 하나의 빛나는 별이었다.

황야의 이리

자아의 죽음

그는 한참동안 자신의 변화에 대해 곰곰이 생각해 보았다. 그리고 기쁨에 겨워 노래하는 새 소리에 귀를 기울였다. 그의 내면의 새는 죽지 않았다는 말인가? 자신의 죽음을 느끼지 않았다는 말인가? 그렇다. 그의 내면에서 뭔가 다른 것이 죽었다. 오랫동안 죽음을 동경해온 그 무엇인가가 죽은 것이다. 그것은 뜨거운 참회의 세월을 보내면서 그가 죽이고자 했던 것이 아닐까? 그것은 그의 자아가 아닐까? 작고 불안한 자아, 자만심에 가득한 자아, 긴 세월 동안 그와 투쟁을 벌였고 언제나 그를 이겼던 자아, 죽였는데도 또 다시 살아나 기쁨을 느끼지 못하게 하고 두려움을 갖게 한 바로 그 자아가 아닐까?

오늘, 여기 사랑스런 강가의 숲에서 자아는 마침내 죽음을 맞이한 것이 아닐까? 그가 지금, 어린아이처럼 두려움도 없이 이토록 기쁨에 넘치는 것은 자아의 죽음 때문이 아닐까?

싯다르타

중요한 것은 사랑

오, 고빈다. 이 세상에서 사랑보다 소중한 것은 없다네. 세상을 자세히 들여다보고 설명하고 경멸하는 일은 위대한 사상가의 몫일세. 하지만 나에게 중요한 것은 세상을 사랑하는 것, 이 세상과 나를 미워하지 않고 이 세상과 나와 모든 존재를 사랑과 경탄, 경외심을 품고 바라보는 것뿐이라네.

싯다르타

나 자신의 완전함

진리는 존재한다. 하지만 네가 갈망하는 교훈, 즉 절대적이
고 완전하고 현명하게 만드는 그런 교훈은 존재하지 않는
다. 너는 절대로 완전한 교훈을 동경해서는 안 되고, 너 자
신의 완전함을 추구해야 한다. 네 안에 있는 신성함은 개념
과 책 속에 있는 것이 아니다.

진리는 체험하는 것이지 배우는 것이 아니다.

유리알 유희

영원과 한순간

나는 자네에게 한 가지 비밀을 알려주고 싶네. 진지함이란 시간을 과대평가하는 데서 생긴 것이라네. 나도 시간의 가치를 과대평가했던 적이 있었지. 그래서 백 살까지 살고 싶었어. 하지만 자네도 알다시피 영원 속에는 시간이란 존재하지 않는다네. 영원은 그저 한순간에 불과해. 한 가지 재미있는 일을 할 수 있는 딱 그만큼의 시간이지.

황야의 이리

가치 있는 삶

꿈에서 깨어난 싯다르타는 깊은 슬픔에 휩싸였다. 그는 여태껏 무가치하고 무의미한 삶을 산 것 같았다. 그의 손안에는 살아 있는 어떤 것도, 소중한 어떤 것도, 지켜야 할 어떤 가치도 남아 있지 않았다. 그는 난파당한 사람처럼 강가에 홀로 공허하게 서 있었다. (…) 그는 천천히 생각을 정리하고, 자신이 기억할 수 있는 첫날부터 지금까지 살아온 인생을 다시 한 번 되짚어보았다.

나는 과연 언제 행복을 느꼈고, 진정한 기쁨을 맛보았던가?

싯다르타

순간을 느끼는 사람

순간을 사는 법을 알고 이해하는 사람에게, 그렇게 현재를 살면서 상냥하고 세심하게 길가의 작은 꽃 하나, 작고 단순한 가치 하나도 소중하게 여기는 사람에게 인생은 어떤 상처도 줄 수 없다.

황야의 이리

자기만의 신성한 법칙

우리는 계산기도, 그 어떤 기계장치도 아니고 오롯이 인간이다. 우리 인간에게는 단 하나의 자연스런 관점, 단 하나의 자연스런 척도만이 있을 뿐이다. 그것은 고집이다. (…) 그의 가슴 속에는 흔들리지 않는 절대적인 법칙만이 살아 있다. 편안한 삶을 살아온 사람들에게 이런 법칙에 따라 사는 삶이 무한히 어려울 것이다. 그러나 고집 있는 사람에게 이것은 운명이자 신성한 무엇이다.

고집

죽음을 사랑하기

도대체 우리 인간은 죽음을 없애버리기 위해 사는 것인가?

아니다. 우리는 죽음을 두려워하고,

다시 죽음을 사랑하기 위해 사는 것이다.

바로 그 때문에 이 보잘것없는 인생도

어느 순간, 그렇게 아름답게 불타오르는 것이다.

황야의 이리

나를 펼칠 곳으로

목표? 어쩌면 나는 교장이나 수도원장 아니면 주교로 지내다가 이 세상을 떠나게 될지도 모른다. 하지만 그런 것이 무슨 의미가 있겠는가. 내 목표는 내가 가장 봉사할 수 있는 곳, 나의 기질과 개성, 그리고 재능을 맘껏 펼칠 수 있고 영향을 미칠 수 있는 곳으로 가는 것이다. 그 외에 다른 목표는 없다.

나르치스와 골드문트

명랑함은 본질이다

명랑함은 피상적인 유희도 장난도 아니다. 그것은 최고의 깨달음이며 사랑이고, 모든 현실을 긍정하는 것이고, 절망과 심연의 끝에서 깨어 있는 것이다. 그것은 성자와 기사의 덕이고, 부서버릴 수 없는 것이고, 나이가 들고 죽음에 가까워질수록 점점 많아지는 것이다.

명랑함은 아름다움의 비밀이며 모든 예술의 진정한 본질이다.

유리알 유희

진통 후에 피는 꽃

사실 모든 생명은 분열과 모순을 통해 비로소 풍요로워지고 활짝 꽃을 피우는 것이다. 도취가 무엇인지 모른다면 이성과 냉철함이 무슨 소용이며, 관능적인 쾌락 뒤에 죽음이 도사리고 있지 않다면, 그런 쾌락이 무슨 의미가 있단 말인가. 이성 간의 죽일 듯한 영원한 대립이 없다면 사랑이 무슨 의미가 있겠는가.

나르치스와 골드문트

빛과 어둠은 하나

이제 나는 밝은 낮에는 태양과 숲, 갈색 바위, 저 멀리 있는
은빛 산들을 곱절은 행복하고 아름다운 감정으로 바라보았
다. 그리고 어두운 밤에는 내 병든 마음이 곱절은 더 커지고
격앙되는 것을 느꼈다. 나는 더 이상 향락과 고통을 구분하
지 않았다. 이것이든 저것이든 다 같았다. 두 가지 모두 고
통스러웠으며 동시에 멋진 것이었다.

내가 내면에서 기쁨이나 괴로움을 느끼는 동안, 나의 창조
력은 조용히 그것을 넘어섰다. 그것을 바라보면서 나는 빛
과 어둠이 한 형제자매인 듯 서로에게 속해 있고, 고뇌와 평
화는 한 위대한 음악의 박자이자 힘이고 일부인 듯 하나임
을 깨달았다.

게르투르트

'나'라는 가능성

우리는 유한하지만 조금씩 발전하는 존재다.

우리는 가능성의 존재이다.

우리는 완벽할 수도 없고 완전한 존재일 수도 없다. 하지만 가능성이 행동으로 옮겨지고 가능성이 현실로 이어질 때, 우리는 진정한 존재에 다가갈 수 있다. 그리고 완전한 존재, 신성한 존재와 조금씩 닮아가게 된다. 다시 말해 자아를 실현하는 것이다.

나르치스와 골드문트

태어난다는 것

나는 깨어났다.

정말 깨어났다.

나는 오늘 비로소 다시 태어났다.

싯다르타

자신에게 복종할 것

인간이 만들어낸 수많은 미덕은 단 하나의 단어로 요약할
수 있다. 복종이란 미덕. 문제는 바로 누구에게 복종하는
가이다. (…)
고집 있는 사람은 다른 법칙, 즉 자신만의 절대적으로 신
성한 법칙, 자기 안에 있는 법칙인 '자기 자신의 뜻'에 복
종한다.

고집

나를 잃지 않기 위하여

우듬지에는 세상의 바람이 윙윙거리고 뿌리는 영원 속에 쉬고 있다. 뿌리는 그 안에서 자기 자신을 잃지 않고 모든 생명력을 끌어 모아 단 하나를 위해 전력투구한다.: 자기 고유의 법칙을 따르기 위해, 자기 자신을 표현하기 위해 온힘을 다한다.

아름답고 강인한 나무보다 더 성스럽고 더 이상적인 것은 없다. 나무가 톱에 잘린 채 벌거벗은 죽음의 상처를 햇빛에 드러내면, 묘비가 되어버린 나무의 그루터기 표면에서 나무의 온전한 삶의 역사를 읽을 수 있다.

나무들

최선의 것

자연이 준 재능을 발휘하고자 노력하는 것은,

인간이 할 수 있는 최선의 것이자

유일하게 의미 있는 일이다.

나르치스와 골드문트

고유한 임무

삶은 우리 각자에게 고유한 과제를 내준다. 그러므로 태어날 때부터 자기 삶에 쓸모없는 사람으로 정해진 운명은 없다. 아무리 약하고 가난한 사람이라도 자신의 자리에서 품위 있는 진정한 삶을 살아갈 수 있다. 스스로 선택하지 않았더라도 자신의 자리와 특별한 임무를 받아들이고, 또 실천하고자 노력하는 가운데 타인에게 의미 있는 사람이 될 수 있다.

몇분독서

세상 앞에서 나

처음으로 이 세상이 그의 앞에 열렸고 천천히 그를 받아들일 준비를 했다. 그에게 기쁨을 주고 고통을 줄 준비를 했다. 이제 그는 창문을 통해 세상을 바라보는 학생이 아니었다. 그의 방황은 결국에는 집으로 돌아오는 그런 산책이 아니었다. 이 거대한 세계가 이제 현실이 되었고, 그는 이 세상의 일부였다.

그의 운명이 그 세계 속에 깃들어 있었다. 세상의 하늘은 그의 것이었고, 세상의 날씨도 그의 것이었다. 이 거대한 세상에서 그는 작은 존재였다. 그는 한 마리 토끼처럼, 한 마리 딱정벌레처럼 끝없이 펼쳐진 푸른 세상을 지나갔다.

나르치스와 골드문트

가장 아름다운 것

나는 꽃병 속에서 서서히 빛이 바래면서 죽어가는 백일홍을 보고 있다. 백일홍에게서 나는 죽음의 춤을 체험한다. 백일홍의 덧없음이 슬프기도 하지만, 한편으로는 그 무상함을 받아들인다. 가장 덧없는 것이 가장 아름다운 법이기 때문이다. 죽음도 그렇게 아름답고 찬란하며 멋진 일이기 때문이다.

백일홍

작은 즐거움 누리기

작은 기쁨을 매일 가능한 한 많이 누려라. 대신에 크고 거창한 즐거움은 휴가 때나 특별한 때에 잘 누려라. 이것이 시간이 부족해서 힘들어하는 사람들에게 내가 해주고 싶은 말이다. 기분을 전환시켜주고 일상의 휴식과 균형을 가져다주는 것은 거창한 즐거움이 아니라 작은 기쁨들이다.

작은 기쁨

자기 삶의 예술가

우리에게 인격은 사치품이 아니라 실존을 위한 필수조건이다. 살기 위해 필요한 산소이자 반드시 필요한 내적 자본이다. 내가 이해한 예술가란 스스로 살고 있다는 느낌과 성장하고 있다는 느낌을 꼭 필요로 하고 진정으로 원하는 사람들이다. 그들은 자기 힘의 근원을 인식하고, 그 고유 원칙에 따라 자기 자신을 구축하기를 진실로 원한다. 그러므로 어떤 종속적인 활동도 원하지 않고, 그런 삶을 표현하지도 않는다. 바로 그런 사람들이 진정한 예술가다.

게으름의 기술

성장이 없다면

오늘 내가 일하지 않고, 노력하지 않고, 조금씩 전진하지 않는다면 내일이나 모레쯤 오늘 하루 전체가 깊이를 알 수 없는 바닥으로 대책 없이 떨어질 것이다. 내가 전혀 알지 못하고 파묻혀버린 수많은 날들 중 하루가 되고 말 것이다.

저녁이 되면

우리가 있다는 것

'우연'이 우리 인간을 희롱한다고 해도 인간에게는 선한 마음과 이성이 있다. 그리고 불과 몇 시간이 지나지 않더라도 우리는 자연과 운명보다 더 강해질 수 있다. 우리 인간은 필요할 때 서로 가까이 있을 수 있고, 이해하는 눈길을 주고받으며 서로 사랑하고 위로하면서 살 수 있다.

게르트루트

자신과 하나가 되기까지

자기 자신을 조금이라도 알기 위해서 얼마나 오랜 시간이 필요한가. 자기 자신을 긍정하고 초자아적인 의미에서 자기 자신과 하나가 되기까지 또 얼마나 오랜 시간이 필요한가.

우리는 얼마나 더 계속 시도하고 자기 자신과 싸우고, 또 얼마나 많은 매듭을 풀고 자르며 또다시 새로운 매듭을 묶어야만 하는가.

언젠가 이 모든 일이 끝나는 날, 완벽한 통찰과 조화에 이르고, 환하고 완전한 미소를 지으며 자신을 긍정하게 되는 바로 그날, 우리는 비로소 평온한 미소를 지으며 죽을 수 있다.

일기 1921

신성한 믿음

나무가 이야기한다. :

나의 힘은 믿음이다. 나는 나의 선조에 대해서는 아무것도 모른다. 해마다 나에게서 탄생하는 수천의 자식을 알지 못한다. 나는 죽는 날까지 씨앗의 신비를 간직한 채 살아갈 것이다. 그밖에 어떤 일도 내가 걱정할 바가 아니다. 나는 내 안에 신이 있다고 믿는다. 나는 나의 임무가 성스럽다고 믿는다. 나는 이런 믿음으로 살고 있다.

나무들

삶의 의미

사랑만이 인생을 의미 있게 한다.

더 많이 사랑하고 헌신할수록

우리의 삶은 더 의미 있고 가치 있어진다.

서간 선집

행복은 사랑이다

행복은 바로 사랑이다. 그 외의 아무것도 아니다. 사랑할 수 있는 사람은 행복하다. 우리 영혼의 움직임 하나하나가 모두 사랑이다. 영혼은 그런 움직임 속에서 자신과 자신의 삶을 느낀다. 그러므로 많이 사랑할 수 있는 사람이 행복하다. 사랑과 욕구는 완전히 다른 것이다. 사랑은 현명한 욕구이다. 즉 사랑은 소유하려 하지 않고 단지 사랑할 뿐이다.

마르틴의 일기

모든 것의 시작

모든 예술의 시작은 사랑이다.

모든 예술의 가치와 범위는 무엇보다도

사랑할 수 있는 예술가의 능력으로 결정된다.

굴브란손의 그림 비평

하루를 행복하게 사는 법

대부분의 사람들은 길에 시선을 고정한 채 바쁘게 걷거나 기껏해야 지나가는 사람들의 옷이나 얼굴을 쳐다본다.

사랑하는 친구들이여! 고개를 들어봐라. 한 번쯤 그렇게 바라보면, 어디서든 나무나 한 조각 하늘이라도 볼 수 있을 것이다. 하늘이 굳이 푸르지 않아도 상관없다. 태양의 빛은 언제든 느낄 수 있다. 매일 아침 한순간이라도 하늘을 쳐다본다면, 갑자기 주변의 공기를 느끼게 될 것이다. 잠과 일 사이에 허락된 상쾌한 아침의 숨결을 맛볼 수 있을 것이다.

작은 기쁨

삶을 위한 책

독서를 할 때마다 한 권 한 권의 책에서 기쁨이나 위로, 마음의 평화와 힘을 얻지 못한다면 문학사를 알고 있다 해도 아무 소용없는 것이다. 생각 없는 산만한 독서는 눈에 붕대를 감고 아름다운 자연을 산책하는 것과 다를 바 없다. 자기 자신과 일상을 잊기 위해서가 아니라, 우리 자신의 삶을 더 의식적으로 더 성숙하게 단단히 붙잡기 위해 독서를 해야 한다.

독서에 대하여

마지막 한 걸음은 혼자서

세상에는

큰 도로와 작은 길이 많다.

그러나 모두

같은 목적지를 향해간다.

말을 타고 갈 수도 차를 타고 갈 수도 있다.

또, 둘이서 갈 수도 셋이 갈 수도 있다.

그러나 마지막 한 걸음은

그대 혼자 가야 한다.

그러니 어떤 어려운 일이라도

혼자 하는 것이

가장 훌륭한 지혜이자 능력이다.

혼자

내가 되어가는 순간,
언제 마주했었나요?

한동안 자존감 열풍이 불면서 독자들의 마음을 사로잡았다. 자존감은 무엇일까? 쉽게 말해 누구의 평가나 기대에 의지하지 않고 내가 나를 존중하는 것이다. 중요한 것은 자존감의 원천이 외부가 아니라 나의 내부에서 뻗어 나온다는 점이다. 그런데 왜 그토록 많은 사람들이 자존감 이슈에 공감과 지지를 보냈을까? 어쩌면 삶의 현장에서 자존감이 무너졌던 상처가 그만큼 많았다는 반증은 아닐까?

내가 나를 존중하지 못할 때, 흔히 겪는 문제는 나를 잘 드러내지 못한다는 점이다. 내가 숨어버린 삶. 스스로 '나는 부족한 사람'이라는 그을린 의식이 사사건건 나를 왜소하게 만든다. 이런 자존감 결핍은 대인관계에서 그 민낯을 여지없이 드러낸다. 가족이나 친구, 심지어 연인 사이처럼 친밀한 관계라도 나를 드러내지 못해 속앓이를 하는 경우도 많다. 지인 중에는 20년 이상 만나온 남자친구에게 "그건 싫다"는 말을 한 번도 하지 못했다고 털어놓은 적이 있다. 가장 가까운 사이에도 나의 감정이나 생각도 말하지 못한다면, 나 스스로 건강하다고 말할 수 있을까? 이런 태도는 직장생활에서 더 도드라지기도 한다. 상사나 동료의 요구나 제안에 거절하지 못하고 애써 받아들인다. 조금은 부담이 되고 무리가 따르더라도 그 편이 차라리 편하다. 그런데 이런 태도, 정말 괜찮은 걸까? 물론 상대방의 감정이나 생각을 존중하는 것은 좋지만, 그것이 나를 잃어버리는 이유가 되어서는 곤란하다. 태도가 습관이 된다는 말도 있으니까.

정신과 전문의 이무석 박사의 책《자존감》에는 자존감이 심하게 낮은 남성의 이야기가 나온다. 그는 엘리베이터를 타면 다른 탑승자보다 먼저 내리지 못하는 문제가 있었다. 그래서 매번 상대방이 내리는 층수까지 일부러 올라간 후에

야 자신의 층수로 다시 내려올 수밖에 없었다. 그런데 그 이유가 놀랍다. 자신 때문에 엘리베이터 안에서 더 머물러야 할 상대방에게 미안(?)해서라고 했다. 자존감이 부족하면 이런 사소한 상황에서도 심리적 어려움을 겪는다. 쉽게 상처받고, 쉽게 의기소침해지면서 점점 더 자존감에 취약해지는 것이다.

"나는 내 안에서, 나 자신에게서 우러나온 삶을,

오로지 그런 삶을 살기를 원했다.

왜 그것이 그토록 어려웠을까?" 《데미안》

나를 드러낸다는 것은 나를 과감 없이 보여주는 것이다. 과장되거나 숨김없이 있는 그대로 나를 보여줄 수 있을 때, 나의 자존감도 날개를 펴기 시작한다. 여기서 나에 대한 앎, 즉 자기이해는 자존감과 연결된다. 나에 대해 아는 만큼 나를 존중할 수 있기 때문이다. 그렇다면 나는 나 자신에 대해서 얼마나 알고 있을까? 이런 자기이해는 지식의 영역보다는 성찰의 영역에 더 가깝다. 나에 대해 묻고 답을 찾아가는 과정에서 나를 더 잘 탐구할 수 있기 때문이다. 하지만 이런 근본적인 자기탐구의 과정에서 우리는 번번이 좌절감을 경험한다.

"내 이름 세 글자가 왜 그렇게 낯설어 보일까요? 그 안에는 내가 느껴지지 않아요." "왜 그렇게 엄마로서 열심히 살았는지 몰라요. 엄마로서 아내로서 사는 동안 정작 나는 없었어요." "열심히 일을 하면서도 정작 가슴속은 빈 공터 같았어요. 이 일을 좋아한다고 했는데, 어느 순간 회의감이 밀려오더군요."

몇 년 전부터 마음책방 서가는(혜화동에 위치한 심리전문 책방)에서는 '나를 알아가는 글쓰기' 워크숍을 진행해오고 있다. 여기에 모인 10대부터 50대 이상까지 나이도 직업도 다양한 사람들의 고민은 한결같았다. 내가 무엇을 원하는지, 또 내가 무엇을 위해서 사는지 모르겠다는 것, 한마디로 나를 잘 알지 못한다는 것이다. 그것은 사는 동안 미처 챙기지 못한 인생의 핵심 고민이었다. 우리는 그 고민들을 한데 모았고, 워크숍에서 자신에 대해 질문하고 대답하는 시간을 가졌다.

'지금, 내가 원하는 것은?' '두고두고 기억하고 싶은 순간은?' '나의 희망목록 100가지는?' '내 인생에서 가장 행복했던 기억은?' '나에게 가장 소중한 것은?'……

많은 질문과 대답이 오고 가면서 우리는 조금씩 나 자신에

다가가고 있었다. 그 시간은 마치 잃어버린 날개가 다시 돋아나는 듯 눈부신 자기인식의 순간들이었다. 더불어 구겨진 자존감이 회복되는 시간이기도 했다.

심리학자 칼 융은 40대를 '제2의 사춘기'라고 했다. 이때부터 본격적인 자기탐색의 시간이 시작된다는 의미다. 이 여정에서 내면의 목소리에 귀 기울일 수 있는 능력이 반드시 필요하다. 그 내면의 목소리를 들을 수 있다면, 헤세의 말처럼 자기 자신에게 가는 길은 좀 더 수월해진다.

"한 사람 한 사람의 삶은 자기에게로 이르는 길이다." 《데미안》

바로 이런 자기탐색의 여정에서 헤르만 헤세를 다시 떠올리지 않을 수 없었다. 한국인이 가장 좋아하는 작가이자, 그의 대표작 《데미안》은 자기결핍에 힘들어하는 사람들에게 강력한 치유의 언어였다. 그는 우울증을 겪을 정도로 심한 자기결핍을 경험했고, 이를 칼 융과의 만남과 그의 제자로부터 정신분석을 받으면서 조금씩 치유할 수 있었다. 또한 그림과 산책, 여행과 글쓰기는 잃어버린 자기를 찾는 데 중요한 매개체가 되어주었다. 그의 작품들 속에는 이러한 자기발견의 여정들이 보석처럼 빛나고 있었다. 그는 진정 자아탐구의 대가였다.

"꿈이 당신의 운명인 한, 당신은 그 꿈에 충실해야 한다."《데미안》
"그분은 나에게 싯다르타를, 나 자신을 선물해주었다."《싯다르타》
"스스로 너 자신을 발견한다면, 너는 나보다 훨씬 우월해질 거야."
《나르치스와 골드문트》

글쓰기 워크숍에서 헤세의 문장들은 자기발견의 동행자가 되어주었다. 워크숍에 참여하신 분들은 헤세의 문장들을 낭독하면서 눈물을 흘리기도 했다. 헤세를 읽고 쓰면서 우리는 조금씩 잃어버린 나를 채워가는 충만함을 느끼기도 했는데, 이런 벅찬 느낌은 한 번도 경험하지 못한 기묘한 감정이었다.

소중한 것은 나눌수록 더 오래 기억되는 법. 우리는 워크숍의 경험을 더 많은 사람들과 공유하고 싶었다. 나를 찾아가는 데 동행자가 되어준 헤세의 문장, 짧지만 강렬한 그의 문장들을 더 많은 사람들과 공감하고 싶었다. 헤세의 잠언집《내가 되어가는 순간》은 이렇게 시작되었다.

우리가 만난 자아탐구자 헤세를 어떻게 전해줄 수 있을까? 행복한 고민이 이어졌다. 헤세의 작품은 이미 많이 출판되어 있어서 새로운 변신이 필요했다. 편역자 이민수 선생님은 자신의 방대한 자료와 헤세의 전집을 일일이 보물을 캐듯 찾아내어 아름다운 문장들로 빚어주셨다. 안미경 디자이너는 손그림으로 여백의 공간에 온기를 더해주었다. 헤세의 말은 단 한 문장만으로도 충분히 치유적이었다. 잠언집이라는 새로운 공간에서 헤세의 문장은 더 아름답게 빛나고 있었다.

최근 인기리에 방영된 드라마 〈청춘기록〉에서 주인공 혜준(박보검 분)은 집안의 반대와 주변의 무관심에도 배우라는 자기만의 길을 꿋꿋이 지켜나간다. 무명 배우에서 라이징 스타로 우뚝 선 그에게 주변에서는 더 큰 성공을 위한 제안을 시작한다. 그러자 그는 제동을 걸면서 이렇게 말한다. "나, 이름 없을 때도 나였어." 스타가 되었든 안 되었든 자신만의 길을 가겠다며 소신을 굽히지 않는다. 자존감은 이렇게 자기의 길을 찾아가는 사람에게 뿜어져나오는 아우라가 아닐까.

주변을 돌아보면 여전히 자기 자신에 대해 고민하는 사람들이 많다. 하지만 존재의 고민을 시작했다는 것은 이미 자기만의 길을 찾아가고 있다는 신호라고 믿는다. 고민 없이 자기만의 길은 보이지 않을 테니 말이다. 만약 헤세가 살아 있다면 자기만의 길을 고민하는 사람들에게 이런 말도 해 주었을 것 같다.

"당신은, 언제 당신이 되어가는 순간을 만났나요?"

어쩌면 이 책이 '내가 되어가는 여정'에 동행자가 되어줄지 모른다. 아니 그리 되기를 소망한다. 온전히 나답게 살아가기 위해서 오늘도 꿋꿋이 걸어가는 당신에게 동행자 헤세가 늘 함께하기를.

2020년 겨울에
편집자 성미옥

이 책에 수록된 헤세의 작품들

소설들

《데미안 Demian》

《수레바퀴 아래서 Unterm Rad》

《싯다르타 Siddhartha》

《나르치스와 골드문트 Narziß und Goldmund》

《황야의 이리 Steppenwolf》

《크눌프 Knulp》

《클링조어의 마지막 여름 Klingsors Letzter Sommer》

《유리알 유희 Das Glasperlenspiel》

《게르투르트 Gertrud》

《페터 카멘친트 Peter Camenzind》

《동방순례 Die Morgenlandfahrt》

시

〈혼자 Allein〉

〈가지 Gestutzte Eiche〉

〈단계 Stufen〉

이외 다수의 서간문과 에세이

《관찰 Betrachtungen》

《몇 분 독서 Lektüre für Minuten》

《서간선집 Ausgewählte Briefe》

《미발표 서간집 Unveröffentlichte Briefe》

〈구름 낀 하늘 Bewölkt Himmel〉

〈내면의 풍요로움 Der innere Reichtum〉

〈작은 기쁨 Kleine Freuden〉

〈전쟁과 평화 Krieg und Frieden〉

〈고집 Eigensinn〉

〈차라투스트라의 귀환 Zarathustras Wiederkehr〉

〈빨간 집 Rotes Haus〉

〈저녁이 되면 Wenn es Abend wird〉

〈게으름의 기술 Die Kunst des Müßiggangs〉

〈독서에 대하여 Über das Lesen〉

〈일기 1921 Tagebuch 1921〉

〈나무들 Bäume〉

〈백일홍 Zinnien〉

〈클라라와 바그너 Klara und Wagner〉

〈어느 속물에게 보내는 편지 Brief an einen Philister〉

〈일기 1921 Tagebuch 1921〉

〈편지 1933 Aus einem Brief vom Januar 1933〉

〈마리아 트로이에게 보내는 편지 Aus einem Brief vom November 1961 an Maria Treu〉

〈마드론 뵈머에게 보내는 편지 Aus einem Brief vom 06.08.1960 an Madlon Böhmer〉

〈마르틴의 일기 Aus Martins Tagebuch 1918〉

〈아들 브루노에게 보낸 편지 Aus einem Brief vom Dezember 1955 an seinen Sohn Bruno〉

〈굴브란손의 그림 비평 Aus der Rezension Gulbranssons Zeichnungen, von Feburar 1919〉

내가 되어가는 순간

초판 1쇄 발행 2020년 12월 15일
초판 3쇄 발행 2021년 9월 10일

지은이 | 헤르만 헤세
편역자 | 이민수

펴낸이 | 성미옥
펴낸곳 | 생각속의집

출판등록 2010년 5월 18일 제300-2010-66호
주소 | 서울시 종로구 혜화동 53-9, 1층
전화 | (02)318-6818 팩스 | (02)318-6613
전자우편 | houseinmind@gmail.com

ISBN 979-11-86118-40-5 03810